AF461085

PARIS

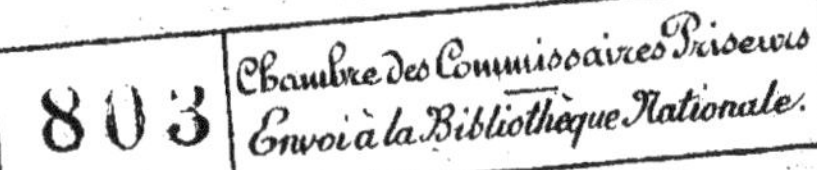

VENTE

des Lundi 7 et Mardi 8 Avril 1902

HOTEL DROUOT, SALLE N° 1

A 2 HEURES

OBJETS D'ART

ET DE

BEL AMEUBLEMENT

ANCIENS ET DE STYLE

Tableaux, Tapisseries

Me F. LAIR DUBREUIL COMMISSAIRE-PRISEUR Successeur de Me G. DUCHESNE *6, Rue de Hanovre*	M. Arthur BLOCHE EXPERT près la Cour d'Appel *28, Rue de Châteaudun*

EXPOSITION PUBLIQUE

Le Dimanche 6 Avril 1902, de 2 h. à 5 h. 1/2.

Désignation

MEUBLES

1 — Canapé de forme dite Lamballe, en bois sculpté et doré, à perlés fleurs, nœuds de rubans et rubans enroulés, foncé de canne dorée.

2-3 — Quatre chaises en bois sculpté et doré, entourage à perlés et rubans, dossiers surmontés de guirlandes de roses, foncés de canne dorée. Style Louis XVI.

4 — Petite banquette de style Louis XVI, en bois sculpté et doré, foncée de canne avec coussin en soie crème brodée à fleurs.

5 — Ecran en bois sculpté et doré de style Louis XVI, fronton à carquois enguir-

landé de fleurs, montants à colonnettes, feuillée en soie crème brodée à fleurs.

6 — Meuble de salon composé d'un canapé, deux fauteuils et deux chaises en bois sculpté et doré, couverts en soie crème rayée et brodée à fleurs. Style Louis XVI.

7 — Joli paravent triptyque en bois sculpté et doré avec panneaux en même soierie brodée. Style Louis XVI.

8 — Console formant jardinière en bois sculpté et doré, bandeau à jour orné de guirlandes de lauriers, dessus en marbre blanc. Style Louis XVI.

9 — Petite table de style Louis XV en bois sculpté et doré, à deux étagère garnies de soie brochée à fleurs et ornements.

10 — Bahut à hauteur d'appui s'ouvrant à deux portes en bois de luxe, les portes et les côtés décorés de marqueterie de bois à fleurs, orné de bronzes dorés, dessus en marbre brèche. Style Louis XV.

11 — Table à thé en marqueterie de bois à

fleurs, ornée de bronzes dorés. Style Louis XV.

12 — Meuble de salon en bois doré de style Louis XVI, garni en soie brochée, composé d'un canapé, deux fauteuils et deux chaises.

13 — Petit cabinet à quatre faces en ébène garni de nombreux tiroirs et orné d'une peinture sous verre. Travail italien.

14 — Grand coffre à couvercle bombé en palissandre plaqué d'écaille.

15 — Rouet en porcelaine orné de fleurs en relief.

16 — Porte-cartes chinois en ivoire sculpté.

17 — Deux petits dévidoirs Louis XVI.

18 — Meuble de salon en bois sculpté et doré de style Louis XVI, garni en soie verte brochée à fleurs, composé d'un canapé, deux fauteuils et deux chaises.

19 — Meuble de salon Louis XVI en bois laqué blanc, garni en soierie verte, composé d'un canapé et de quatre fauteuils.

20 — Armoire en bois sculpté ouvrant à deux vantaux, XVIIIe siècle.

21 — Bahut en noyer ciré.

22 — Deux porte-chapeaux en bois sculpté gothique.

23 — Horloge ancienne en bois sculpté.

24 — Tabouret en bois noir à filets dorés garni en tapisserie au point à fruits et feuillages.

25 — Support applique en bois sculpté et peint surmonté d'une couronne soutenue par deux figurines d'anges ailés, le socle orné de deux anges supporté par un groupe en bois sculpté et peint représentant la Vierge et l'Enfant Jésus ornés de couronnes en argent.

26 — Bergère en bois sculpté, style Louis XV garnie en ancienne soie brochée fond vert.

27 — Glace Louis XIII cadre en bois guilloché et cuivre repoussé.

28 — Console Louis XV sur trois pieds en bois sculpté et doré, dessus de marbre fleur de pêcher.

29 — Fauteuil en bois sculpté à fleurs de lys garni en velours frappé. XVIIIe siècle.

30 — Petite vitrine à trois faces en bois sculpté Louis XIV.

31 — Table en bois sculpté peint blanc et doré, relevé de couleur, travail italien. XVIIIe siècle.

32 — Deux chaises en bois garnies de cuir brodé et de gros clous de cuivre.

33 — Dix chaises en bois noir garnies en tapisserie au point.

34 — Bahut formant dressoir en marqueterie de bois, travail hollandais.

35 — Console en acajou garnie de cuivre à dessus de marbre blanc. Epoque Louis XVI.

36 — Buffet normand en bois sculpté Louis XV, surmonté d'une étagère formant vaisselier.

37 — Deux consoles supports d'applique formés par des statuettes d'anges en bois sculpté et peint, dessus en marbre bleu turquoise.

38 — Guéridon en bois gravé, dessus en tapisserie au point.

39 — Deux grands fauteuils en bois sculpté Louis XV garnis en brocatelle fond rouge et fond vert.

40 — Chiffonnier en marqueterie de bois, travail hollandais.

41 — Grande banquette en bois sculpté à ornements et têtes d'anges, coussin en ancien velours jaune. XVIIe siècle.

42 — Commode en bois de placage, ornée de bronzes d'époque Louis XIV à dessus de marbre.

43 — Siège X en velours et soie brochée fond vert.

44 — Ecran en bois sculpté peint noir et or d'époque Louis XV, feuilles à tapisserie au point et au petit point.

45 — Horloge en chêne sculpté d'époque Louis XIV, montants à pilastres, la partie supérieure de forme monumentale contenant le cadran est couronnée par une figure d'oiseau.

46 — Armoire en bois sculpté ornée de ferrure, le milieu garni d'une fontaine en étain gravé avec bassin.

47 — Deux supports en bois noir sculpté à filets dorés.

48 — Tabouret en bois sculpté de style Louis XIV.

49 — Table à quatre faces en bois noir fileté de cuivre, moulures et ornements en bronze ciselé et doré.

50 — Chaise longue en bois sculpté Louis XVI et soie brochée fond vert.

51 — Double console à fond de glace en marqueterie de bois. Travail hollandais.

52 — Etagère en ancien laque de Chine, fond aventuriné garnie de plaques et d'écoinçons niellés.

53 — Banquette en bois sculpté garnie en damas de soie vert. XVIIIe siècle.

54 — Etagère garnie en velours rouge fleurdelysé et guipure.

55 — Chaise en bois sculpté garnie en velours frappé.

56 — Vitrine d'applique en bois sculpté et doré, Louis XV.

57 — Console Louis XV en bois sculpté, dessus de marbre.

58 — Etagère en marqueterie de bois rose.

59 — Table sur quatre pieds reliés par un croisillon en certosine.

60 — Chaise longue en bois sculpté et cannée. Style Louis XV avec coussin en ancienne soie brochée, fond vert.

61 — Table Louis XV à quatre faces en bois sculpté laquée blanc, dessus de marbre bleu turquin.

62 — Fausse cheminée garnie en soie de

Chine brodée sur fond bleu, décor de dragons et de personnages.

63 — Fauteuil forme dite Dagobert, bois sculpté, médailles à figures de lion, coussins en ancienne soie brochée, fond vieux rose.

64 — Deux fauteuils de style Louis XIII, noyer sculpté, garnis de velours et ornés de bandes en ancienne broderie à fleurs et feuillages.

65 — Coffre en noyer sculpté orné de plaques en faïence blanche à figures allégoriques.

66 — Support trépieds en bois sculpté, pieds à griffes.

67 — Vitrine deux corps en marqueterie de bois. Travail hollandais.

68 — Lit de milieu en bois sculplé et laqué, foncé de canne. XVIIIe siècle.

69 — Paravent à trois feuilles en bois sculpté et laqué blanc. Style Louis XVI.

70 — Paravent en bois sculpté et doré, le

haut orné de gravures en couleurs. Style Louis XVI.

71 — Table-vitrine en bois sculpté. Style Louis XVI.

72-73 — Deux consoles surmontées de glaces avec trumeaux en bois sculpté. XVIIIe siècle.

74 — Deux bergères en bois sculpté couvertes en soierie brochée.

75 — Vitrine d'encoignure en acajou, composée de deux corps ornés de petits carreaux. XVIIIe siècle.

76 — Guéridon ovale en marqueterie de bois Louis XVI.

77 — Jardinière à quatre faces en bois marqueté Louis XVI.

78 — Meuble en étagère en laque du Japon rehaussé d'or, décor à volatiles et paysages.

79 — Banquette en noyer sculpté couverte en soierie brochée jaune.

80 — Meubles divers.

OBJETS D'ART

81 — Garniture de cheminée en bronze partie dorée de style Louis XVI, composée d'une pendule accostée d'une figurine d'amour jouant avec un coq et de deux candélabres amours portant des branches à trois lumières.

82 — Deux seaux en Wedgwood, fond bleu dessin blanc à guirlandes de fleurs et figurines de femmes grecques.

83 — Deux chenêts en bronze ciselé, partie dorée, formés par des lions couchés sur des balustrades ornées de draperies.

84 — Statuette en bronze à patine dorée : Figaro, signée AUFRIE.

85 — Statuette en bronze : le Messager.

86 — Paire de petits flambeaux en bronze ciselé et doré, ornés de trois figurines de petits Bacchus accouplés.

87 — Paire de grosses potiches en porcelaine

de Chine, fond jaune impérial, décor à fleurs et lambrequins, couvercles surmontés de chimères.

88 — Statuette en bronze : le Myosotis, de Mathurin Moreau, socle en marbre rouge.

89 — Groupe en bronze : l'Enfant à la cage, de Pigale, socle en marbre rouge veiné orné d'un perlé en bronze doré.

90-91 — Deux petits bustes en terre cuite teintée vert : Napoléon Ier et Marie-Louise de Rigual (signés).

92 — Groupe en terre cuite : les Joies maternelles, signé Maubach.

93 — Jardinière en bronze du Japon, décor aux dragons.

94 — Petit buste de Garibaldi en bronze.

95 — Deux figures de chiens de chasse en bronze.

96 — Suspension en bronze à vingt-quatre lumières.

97 — Coffret oblong en porcelaine décorée de bouquets de fleurs.

98 — Deux supports en terre vernissée du Japon.

99 — Jardinière formée par un seau en cuivre repoussé sur supports-trépieds en fer forgé.

100 — Statuette de femme en composition, simulant le bois sculpté.

101 — Lustre flamand en cuivre.

102 — Lustre à six lumières en verre de Venise.

103 — Fontaine d'applique avec bassin forme coquille en cuivre jaune. XVIIIe siècle.

104 — Statuette en terre cuite: La Fortune, de FRANCESCHI.

105 — Porte livre en bois sculpté garni d'ancien velours rouge galonné d'or.

106 — Grand plat en cuivre repoussé, décor à ornements.

107 — Grande potiche à couvercle en Satzuma à décor de personnages et animaux sur support en bois sculpté de style chinois.

108 — Terre cuite de CLÉSINGER: La Jeunesse de Bacchus.

109 — Deux torchères formées par des statuettes de femmes tenant des cornes d'abondance, sur socles à têtes d'anges, pieds à griffes. XVIIIe siècle.

110 — Théière et cafetière en porcelaine de Paris et une carafe en cristal taillé. Epoque Empire.

111 — Petite jardinière rectangulaire en faïence, décor d'amours en relief.

111 *bis* — Petit groupe forme vide-poche en pierre de lard.

112 — Coffret en ébène et marqueterie de cuivre contenant quatre flacons à odeurs.

113 — Petite statuette de nègre tenant une corbeille en bronze.

114 — Deux supports en bronze.

115 — Groupe de Vierge et enfant en bois sculpté, placé sous un dais en bois sculpté et doré, couronné par une corbeille garnie de fleurs et d'épis.

116 — Gond en cuivre gravé et laqué sur support en bois laqué.

117 — Deux bas-reliefs en bronze : Portraits de Napoléon Ier et de Gambetta.

118 — Jardinière en cristal taillé, monture en cuivre ciselé et argenté rocaille.

119 — Christ en ivoire sculpté sur croix en bois doré, cadre bois sculpté et doré. Epoque Louis XIV.

120 — Terre cuite : Femme endormie. Signée Castanière.

121 — Coupe en céladon bleu turquoise de Chine, monture en bronze. Style Louis XVI.

122 — Statuette en terre cuite : Diane au chien par Carrier-Belleuse.

123 — Petite pendule Louis XVI forme mo-

nument en marbre blanc, ornée de bronzes ciselés et dorés, cadran signé BAILLON.

124 — Garniture de cheminée en bronze ciselé et doré, composée d'une pendule, mouvement surmonté d'un globe céleste et accosté de deux figurines allégoriques à l'Astronomie, cadran signé BARGNULLER et deux vases socles carrés ornés de lyres. Epoque Ier Empire.

125 — Buste de femme en terre cuite, signé LEBOIRE.

126 — Buste en marbre blanc : Portrait de Mme de Montesson.

127 — Buste en marbre : Portrait de femme Louis XV.

128 — Grande lanterne de vestibule à gaz.

129 — Petit rouet ancien en bois sculpté.

130 — Boite ronde en bois sculpté à cannelures, montures en ivoire.

ARGENTERIE

BIJOUX, OBJETS DE VITRINE

131 — Deux beaux vases brûle-parfums en argent ajouré offrant des médaillons à bustes d'hommes et de femmes reliés par des guirlandes, culots à côtes tournantes, anses à têtes de béliers tenant des anneaux mobiles. Epoque Louis XVI.

132 à 134 — Garniture de table en argent, dessin à perlés et guirlandes composée de deux girandoles à deux lumières et de quatre flambeaux.

135 — Montre Louis XVI en or avec sa ehâtelaine en argent et ornées d'émaux à scènes champêtre, entourage en marcassites.

136 — Éventail Empire monture en ivoire sculpté et ajouré, feuille à scène galante.

137 — Chaîne sautoir en or et cent dix-huit perles fines.

138 — Collier ancien en diamants orné de pampilles.

139 — Bague marquise en brillants avec émeraudes au centre.

140 — Bague ancienne en brillants.

141 — Bague en or composée de cinq émeraudes avec entre-deux en roses.

142 — Bague enrichie de sept brillants.

143 — Bracelet souple en or, orné de perles fines et de diamants.

144 — Broche forme épée en or émaillé et perles fines.

145 — Briquet en or orné d'un saphir entouré de diamants.

146 — Étui à rouge en or guilloché.

147 — Paire boutons d'oreilles brillants solitaires.

148 — Paire boucles d'oreilles perles fines.

149 — Montre or remontoir, pavée de diamants et de saphirs.

150 — Trois boutons de chemises perles fines.

151 — Epingle de cravate en or ornée d'un brillant de fantaisie et d'une perle pendeloque.

152 — Epingle de cravate or et diamants.

153 — Epingle à chapeau, tête formée d'une grosse perle fine.

154 — Montre en or à remontoir et répétition.

155 — Bourse en argent doré;

156 — Broche corbeille en marcassitte. Style Louis XVI.

157 — Bague analogue.

158 — Boucle de ceinture émaillée.

159 — Eventail Louis XVI en nacre, feuille peinte.

160 — Miniature d'après VAN DER MEULEN : Scène de combat.

161 — Petite peinture ovale : Le Parc.

162 — Bonbonnière Louis XVI en écaille piquée d'or, ornée sur le couvercle d'une

miniature : portrait de femme en corsage rose décolleté bordé de fourrures, coiffure haute avec aigrette.

163 — Petite montre de dame en or à remontoir ornée d'une rose.

164-165 — Deux montres de dame en or gravé à remontoir.

166 — Porte-mine en or.

167 — Six cuillers en métal argenté, manches à figurines.

168 — Cinquante-sept pierres agates diverses, jaspes-cornalines, etc.

169 — Lot d'agate, cristal taillé, cornaline, jaspe sanguin, etc.

170 — Quatre pièces en ivoire sculpté, groupe, figurine et buste.

171 — Miniature : portrait de Ledru-Rollin.

TAPISSERIES, TAPIS

TENTURES

172 — Portière en ancienne tapisserie d'Aubusson à figures d'oiseaux et de chien dans un paysage.

173 — Tapisserie à personnages, montée en portière avec bordure en ancien damas vert.

174-175 — Deux tapisseries verdures.

176 — Bandeau en ancienne tapisserie représentant un milieu de feuillages, des chevaux traînant des chars, médaillon central et groupe de personnages.

177 — Deux pentes en ancienne tapisserie à figures allégoriques, montées en portières.

178 — Bandeau en ancienne tapisserie à figure d'amour tirant de l'arc.

179 — Petite pente en ancienne tapisserie à fleurs et personnages.

180 — Tapisserie ancienne à personnages dans un paysage.

181 — Tapisserie ancienne représentant un roi sous sa tente.

182-183 — Trois tapis d'Orient, dessin polychrome.

184 — Cinq carrés en broderie sur étamine et autres.

185 — Couvre-lit en toile blanche avec entre-deux en guipure.

186 — Trois portières en imberline rayée.

187 à 189 — Trois carpettes orientales anciennes à dessin polychrome.

TABLEAUX, DESSINS

BOUDIN (Attribué à)

190 — *Le Havre.*

COROT (Attribué à)

191 — *Hameau en Picardie*

Fusain.

DELACROIX (EUGÈNE)

192 — *Dante et Virgile.*

DELACROIX

193 — *Indien.*

Esquisse.

DIAZ (attribué à)

194 — *Fleurs.*

GONZALÈS

195 — *Petit portrait d'homme.*

GRECO

196 — *Scène religieuse.*

GUARDI (Attribué à)

197 — *La Salute à Venise.*

GUBON (EUGÈNE)

197 *bis* — *Gibier mort, fruits et légumes.*

Très beau tableau dans son cadre en bois sculpté et doré de l'époque.

HEILBUTH

198 — *Dans le parc.*

HUBERT (ROBERT)

199 à 201 — *Paysages avec ruines animées de personnages.*

Trois dessins.

ISABEY

202 — *Bateaux.*

JACQUES (Attribué à CHARLES)

203 — *Bergère et moutons.*

JANET (L.)

204 — *Saint-Valéry.*

Marine.

JONGKIND (Attribué à)

205 — *Vue de Paris.*

Aquarelle.

LAMI (EUGÈNE)

206 — *La Promenade.*

VAN MARCKE

207 — *Vaches au pâturage.*

MILLET

208 — *La Barrière aux oies.*

Dessin cachet de la vente.

NEER (Attribué à VAN DER)

209 — *Canal en Hollande, effet de lune.*

ROUSSEAU (TH.)

210 — *En Forêt.*

SCHNEIDER

211-212 — *Paysage au bord du Mein.*

Deux pendants.

SEYFERT

213 — *Villageois sur une route au bord d'un cours d'eau.*

TENIERS (école de)

214 — *Paysans dans un paysage accidenté.*

TROYON

215-216 — *Paysage.*

Deux dessins.

TASSAERS

217 — *Amours.*

VOLTON

218 — *Nature morte.*

ZEDJERS

219 — *La Grande Caravane.*

Superbe aquarelle.

ZIEM

220 — *Venise.*

ÉCOLE ANCIENNE

221 — *Sujet mythologique.*

ÉCOLE FLAMANDE

222 — *Paysage avec figure de jeune femme caressant un mouton et chasseur vêtu d'une tunique rouge.*

ÉCOLE FRANÇAISE

223 — *Portrait de femme.*

ÉCOLE FRANÇAISE DU XVIIIe SIÈCLE

224 — *Le Soir des noces.*

ÉCOLE HOLLANDAISE

225 — *Rixe au cabaret.*

ÉCOLE ITALIENNE

226 — *L'Ange triomphant du démon.*

227 — Gravure ancienne en noir : *La Chute inévitable.*

228 — Tableaux et objets omis.

CONDITIONS DE LA VENTE

Elle sera faite au comptant.

Les acquéreurs paieront *dix pour cent*, en sus du prix d'adjudication.

PARIS. — Imp. MÉNARD et CHAUFOUR
8-10, rue Milton

www.ingramcontent.com/pod-product-compliance
Ingram Content Group UK Ltd.
Pitfield, Milton Keynes, MK11 3LW, UK
UKHW020409190726
13838UKWH00006B/2156

9 782329 3879